埋もれた車

駐車場は住居の下部に位置し
門までのわずかな距離を草が埋めている
グレイのセダンは確かに磨かれてあるのだが
乗り手の気配を消すようにあり
フロントガラスがうっとうしい空を映し出している

ベランダにはタオルが二枚干してあり
やはり拭われた体が浮かばない仕組みなのか
エアコンの窓外機はぴたりと止んだまま

埃にまみれている

ベージュ色のカーテン
その手前に並ぶサボテンの鉢
何も飼育されていないケージ

掲げられた名前など
でたらめであるかのようにいずれ
地図に埋めて

水の底を覗けば
もう辿り着けない街が
時差すら伴って
光の侵入だけを許している

青色とホープ

一方井亜稀

七月堂

目次

埋もれた車　2
遠景　10
帰宅　12
誰も知らない　16
60min.　20
away　24
未明　28
ゾウと公園　32

冬の空港　38

R1　44

RF　46

short film　48

昼下がり　58

あかがみ　62

朝になれば　66

over　70

昼の亡霊　74

青色とホープ　78

そら　82

青色とホープ

遠景

すれ違う電車に人の影は認められず
吹き溜まりの埃は揺れている
がらんどうの車内は
夜の口にすっぽりと収まり
遥か向こうにコンビニの灯りが見える
失う前に与えられていないということがなぜ
喪失の文字を伴って目の前を遠く押しやるのか
滑り込むホームを前に
やがて辿るであろう路は窓外に開けており

幾度も通り過ぎた
その根拠となる過去を手繰り寄せる度ありきたりな
取り繕う隙もない幸福を前に
身体はシートに埋まるばかりで
窓外は遠い
コンビニの灯りは僅かなカーブとともに一棟のマンションに隠れ
だがやがて
この身はその内に差し出すのだから
傘は置いたまま
ここをあとにする
新しいビニール傘を受け取るために雨雲は更新されるだなんて
嘘のように
手続きはいつでも簡略化された
それが望みであるように
電車はホームに滑り込んでいく

帰宅

降ってくるものは
当然のごとく雨だった
イトーヨーカドーの看板を照らすライトに
細い線は
くっきりと浮かんでみせた
国道の
夜明けはまだ遠い
渋滞の列を抜け
団地へとつづく道は急な勾配さえなければ

格好の抜け道ではあるのだが
バス停にひとつ
灯りはともり
真夏には旺盛な蔓を伸ばした植物も
老いていく
幾度も
この道を通過したという事実が
記憶によって裏付けられる
枯れ葉は夜の直中で
何かを隠しているようにも思え
なぜあのひとは死んでしまったのか
本当に死んでしまったのか
ワイパーが雨を撥ね
撥ね除けられた滴が
アスファルトを打つ

その痕跡さえも
降りつづくものに次々と掻き消されていくのが不思議だ
夜が明ければ
思念を挟む隙もない
むしろ
付箋を貼られた先から露わにされていく
枯れ葉もアスファルトも通り過ぎる空き地に破棄されたあらゆるパーツも骨も
真っ白な皿の上に
かつての様態やアリバイ工作さえ
明示する
そのような
文字だけが受け渡されることに何の驚きもないが
いまはまだ
夜の闇に目が慣れたころ
ビニールの中の骨付き肉が熱を失ったばかりだ

誰も知らない

駐車場の隅に置き去りにされたカートがあり
人類最後の日にもおそらくそれはあり続けるだろう
やがて土に還っていくひふを前に
逸脱を許さない骨だけが
垂直に空をさし
発語の手段は持たない
これが文字なのだとすれば
耳元で響く母語はなつかしかった
錆び付いていく鉄骨が

時の経過を告げる
二車線の道を挟んで
向かいのバス停は傾いてあり
歩道の落ち窪んだ辺り
かつてリュックを背負った男はいて
名も知らない
その男はどこへいったか
バスが来ても乗らず
時折ひとに話しかけては
何を考えているのかは分からなかった
発語される文字は文字の形のままに
たちまち空へ吸われていき
ビルの屋上
SOSのフラッグが揚がったこともあったその柵の辺り
今は赤い風船が浮かんでいる

それを手放した
幼子の
行方も知れず
薄闇に反応した
外灯がともる
駐車場に
草のなびく音だけが立ち
解析されない監視カメラ
回る

60min.

支給されたシャツは
ずいぶんと大きめに出来ていて
襟の糊がやけに固く
クリーニングしたての匂いがした
昼休みになると
固い長椅子に座り
iPhoneの着信音　とか
テロ予告
雨の

音ばかりを聞いた
通りすがりのように紛れ込んだ老婆が
今日は何日かと尋ねるので
十七日だと答えた
すると怪訝な顔をして
入金がない、という
支払いが出来ない
灰皿から立ち上がる煙が
染みついた
染みつかない
ことさえも気づかず
何かのために戦いたい
ひたすら雨の音がする
窓の向こうは鈍色で
信号機が点滅した

こんな日々を無為だと思う
六十分の休憩きっかりに立ち上がり
若い従順な身体なら
掲げられた正しさへ傾いていくのだろう

away

そこにも雨は降っていて
歩道と車道を分かつ街路樹に
添えられるようにある煙草の空き箱にも
静かに滴は伝っていく

台風は勢力を強め北上中
コンビニの灯りのほかには
目ぼしい灯りもない
国道にも雨は降るだろう

スウェットに両手を突っ込んだまま
空を睨む男の向こうに
廃工場の影だけが見える
帰る場所などどこにもない
そうだろう
トラックが一台過ぎていく

そこにも雨は降っていて
見上げると
歩道橋の向こうには
立ち並ぶビル
マンションの灯り
あの日から遠く離れた
その向こうを静かに電車は過ぎるだろう
帰る場所などどこにもないと

そうだろう
立っていた場所を故郷と呼ぶのなら
逃げるよりほかない
言葉だけが残されては
立ち尽すこの都会のアスファルトにも
激しく雨は降るだろう

未明

陽光の射す窓があり
それをただそうであると認識する日々を
幾年も重ねて
陽光の射す
と言葉だけを浮かべていることに気付かないまま
目の前に
焦がれていた

例えば

磨りガラスの前に立ち
その先の景色は不明瞭なまま
聞こえる雨音に
傘を手にする
ということがあってもよい

ビニール傘の向こう
シートに覆われた建物はあり
それと気付く手前の
おぼろげな
闇に手を伸ばしてもよい

立ち尽す鮮明な世界の中で
焦点がずれていく束の間を
目の前と名指すなら

その先の景色を切り裂いてもゆけるだろう

陽光の射す窓があり
磨りガラスの向こう
やがて
雨が降るとしても

ゾウと公園

信号機に面した角に
小さな公園はあり
それは
団地に住むひとたちのものなのだろうか
猫の額ほどの敷地に
植物は植えられて
ゾウの乗り物がひとつだけ

カメラに留めるまでもない

ベンチさえない公園で
植物がひたすら
空を仰ぎ見るように
刈り取られるのを待っている

ただひとつの夏の景色を
留め置く過程で
削ぎ落とされる束の間があり
あるいは
煮詰められていく
やわらかな果実のように
形を留めないものもある

渡り終えた舗道を
振り返ることなく

やがて植物は刈り取られたはずだが
射し込む西日に
導かれるように思い出す

繁茂する植物のなかで
一頭のゾウが
誰を乗せることもなく
蔓に埋もれていく様を

冬の空港

駐車場で車を誘導している男はフィリピーノで
時折
従業員出入口の前で煙草を吸っているのを見かけた
男をフィリピーノだと教えてくれた女は
行きつけの居酒屋のバイト店員で
近頃は見かけない

空港近くの喫茶店の窓際に
男女が向かい合っているのが見える

女が外を眺めると
上空を白鳥の群れが渡っていく

出身はどこかと聞かれ
北国だと女はこたえた
ほんの少し南に憧れがあるのだとも

メニューにはなぜかトロピカルジュースがあり注文すると
出てくるのは遅く
待つ間
ドレープのついたカーテンが色褪せているのが目に入り
その向こうは雪
昨日の雪が解けかけて
アスファルトが見え始めている

足元にお気を付け下さい

フィリピーノは今日も車をうまく誘導している
流暢な日本語で
だがあの男がフィリピーノかどうかはわからない

伝わってくるものは嘘かもしれない
言葉が通じない
年齢によって男女によって国籍によって
となら何とでも
そうではない決定的な違和のためにだとしたら

レジで老いた男が会計を済ませている
そのうしろに老いた女は立って
トランクをぼんやりと眺めている

フェイクの観葉植物が揺れ
ではさようなら
と男は言って店を出て行く
女はトランクを引いて無言で空港の方へと歩き出す
上空を飛行機が通過していく
振り返り何かを言った気がするがその声は聞こえない

ガラスにひとつの滴は伝い
引かれた線によって分かれていく窓の
それでさえ表出しない違和を靴裏に溜め込んでは
白鳥の群れを目で追った
空はどこまでも
北国へまでも続いている

次の春が来たら会えるのかもしれない

R1

ホテルのエレベーターはなぜか
饐えたにおいがして
青の絨毯ばかりを覚えていた
床にひれ伏す犬の
息が荒い熱帯夜に
空調は壊れている
ロビーはがらんとして
テーブルランプばかりが眩い
焦点ははぐらかされたまま
壁の絵画がやけに遠く感じられた

かつての栄華を
蹴散らすような虫の群れ
昔住んでいた家も
空き家になって
今はもう鳥の住処だ
幼い足が触れた
青い絨毯ばかりが思い起こされ
窓を開けっ放しのまま
家を出たことが悔やまれた
吹き込んでくるあらゆるものに劣化していく
息ばかりが荒くなっては
上昇するエレベーターの階数ばかりを目で追っていた

密閉された箱に押し込められた
いきものの気配が濃くなっていく

RF

密封された箱に押し込められた
いきものの気配が濃くなっていく

植物に覆われた電話ボックスの
扉はもう蔦に絡まれて
内側を覗き見ることは出来ない
電話帳に記載された番号の
追跡ももう叶わずに
深夜

少女の夢の中で
一軒の家が傾く
青い絨毯の上を転がる影
吹き込んでくるものに劣化したはずの家具を温床として
育ついきものは誰の目にも触れない
開けっ放しの窓から
着信の音がする
いつかは
目覚めなければならないとわかっていて
その先の景色を知るはずもなかった
朽ちていく
廃屋のホテルだけが目の前にある

short film

1　残像ホテル

ダウンタウンだった
あるいは
テレビショッピング
パンダの
臨時ニュースのテロップが駆け抜け
冷蔵庫のモーター音が漏電の
合図だった　焼け焦げた

配電盤に見覚えはない
ドリンクホルダーから消えた
ビールの行方も
防犯カメラに易々と捉えられている
から
気休めのカーテンの奥
窓は開け放たれている
ハイウェイを通過するトラックは
ひたすら経済を背負って
抒情が漏れる
なら焦げてしまえばよいという持論
報道の時間は遠い
白黒つかず
砂になったブラウン管の
だがとっくに空は青白く

薄明
回し続けるチャンネルは
そのうち
おしゃべりになって
朝のニュースに死体があがる
算段
だから燃えたらいい
テレビごと
死人に口なし
焦土にも
朝は来る

2　水の街

雨に濡れ
形骸化してゆく街を見ていた
宿るということを
はき違えたまま過ぎるホテルの
灯りは点らず
気配は隠されてあるのか
折りたたまれた新聞の文字は読まれることもなく
雨に朽ちるだろう　片手を
ヘッドライトにかざし　やわらかい
頭蓋にふれる　目隠しが覆うものは
輪郭を写し取るたかが視力で
やがて朽ちてゆくことを真に受けない　指
がずぶ濡れのフォトを掬い上げてゆく

あるものとないものが
ないまぜになってゆく路地裏
記憶ばかりを頼りに踏みつけてゆく土の
靴底すら無化する雨に発音をこすりつけて

シャッターを切ってゆく
花のつぼみをなぞる雨水に
葉は朽ちて　萎れる先の
酸性雨に満たされてゆく水面は
街の端を僅かに映し出し
たちまち点景となってゆく束の間を
捉える指の傍らに腐敗する花びらはあり
引き裂かれの手前
そちらから呼ばれるものに振り返っては
触れ得ぬまま

引き寄せる先から雨にほどけてしまう
呼吸を見放して曲がる路地のストロボは
斃れたものを形のないままに写し
気配は隠されてあるのか
指先はやはり何にも触れ得ぬまま
予覚として立ち上がる
光を切り取っては
滴ごと手放してしまう

3　花と蛍光灯

部屋は閉め切ってあり

暗い
中に
気配がある
除湿機の
スイッチが消された
「悲しみが
ふやかされていく
キッチン
投げ捨てられたタバコ
排水溝の」
などと
残余
花は咲いている
磨りガラスの
サッシの内側

外灯がさして
目を閉じれば
虹色の幻影と
なまぬるい
ぬくもりに
疲弊する
朝になってしまえば
朝になってしまえば
回り出したファンに
花びらが
僅かな揺れを灯すだろう
イメージだけを残して
なお
気配は気配として
変換がかなわない

消えることはない
取り残されもしない
項垂れることもなく花は
蛍光灯と
青白い

昼下がり

濃い緑や果実の色をほしがる目があり
両手は授けられている

空を
番いの鳥が渡れば
秋の陽は
すぐ足下まで

庇の先へ投げ出した踝を

吸いに来る何の気配もない午後は
薄暗いリビングに
まるごと身を横たえ
いきもののように
呼吸を装う

テーブルの上には
無抵抗なままの果物の
僅かな呼吸があり
萎びていく
夏の日は
こんな色をしていたと
褐色に焦がした果実の肌にナイフを滑らせ
たしか
と目を瞑れば

テレビの中で斃れた人の
ワンピースの花柄だけを覚えていた

遠い国のことは知らない
台所の流しには
ちぢこまっていく果皮だけがある

あかがみ

目覚めると
手垢まみれの身体があり
シンクは汚れている
カーテンを開ける先から露わになる指先を
掠めるのは鳥の鳴き声
傾れ込む影に
東と知った
光に
ずり落ちていく窓があり

視覚は捉えきれずに
留まる影さえ白につぶした

昨夜こぼした食べものの
染みさえ浮き上がらずに
クチビルだけをぬぐっていく

イチゴジャムあるいはミートソース
いずれにしろ赤の類いを
記憶の中心に吊り下げ
何を食べたかは定かではない
痕跡は
タクシーの後部座席
黒いシートにこすりつけたまま
今ごろは海岸線を辿る

バックミラーは
誰の姿も映さない

隣室のミラーもまた
誰の姿も映さずに
磨りガラス越しの空を映す
眼差しには触れず
輪郭を捉えない
この日頃
名乗ることも呼ばれることもない

身体は絨毯に埋もれていく
窓の向こう
もうすぐ差し押さえが入るのだと
通行人の薄笑い

車のエンジン音
救急車
着信音
雨が降る
その先の
鳥の声
ひとの気配に
名を呼ばれる期待と慄きだけがあり
玄関の呼び鈴だけが鮮やかだ

朝になれば

無実かと問われれば
あながちそうとは言えなかった
シンクに置かれた皿を持ち上げれば
滴る赤が指先にわずかな温みを残して
泡に溶けては
すばやく洗い流されてしまう

脱ぎ捨てたジャケットから漂う
メビウスの匂いに

わずかに紛れ込むように
知らない香水の匂いは立ち込めて

辿ってきたのはいつもの帰路
ただひとつであるはずだが
それを思い出せない明け方の
路地裏に捨てられたプラスチックの玩具
ネオン街に置き忘れた母親の名前
さまざまな景色が過っては
ニュースに現れた古い写真のひと
その手にふれたことがある気がする

どこでつけてしまったのだろう
身に覚えのない
手の甲のひっかき傷は

何かを指し示すようにして
新たなふるえを待ち焦がれて

over

いつもと変わらない
と思う朝の
光が一軒の空き家を照らし
窓ひとつ開かないはずの
空気の中を
埃が舞う
それは
からっぽの肺を舞う
未明の声のような

きりきりと
音さえ立てない
密室の
無音の声のように
舞う

ひとりの老いたひと

数日前まで
そこに居住者はあり
老いたひとは
錆びた薬缶を引き摺って
ゴミ捨て場に投げ入れた
日が暮れると
テレビの光が煌々と

窓の外を照らしそれは
深夜にまで及んだが
それもここ数日途絶えた
昨夜は
パトカーと救急車が止まり
マスクをつけた無数の人が押し入ったというが
見たものは少ない
さいごの景色は
テレビショッピングのような
深夜ドラマのような
赤い点滅
サイレン
昔住んでいた場所
空き地に捨てられた
マッサージチェア

つまりは何事もなかったかのように
朝が来れば
それはいつもの
昔からある一軒の家
ガラス窓から透けて見える
向こう側の空は
ただひたすら青い

昼の亡霊

真昼のスーパーマーケットの二階の
ゲームコーナーは閑散として
壁際のベンチには
中年男が腰掛けたまま眠っている
確か
十年前はここに灰皿があって
高校生が制服のまま
煙を吐いたりしていた

確証がないまますり替えられたものはいくつもあり
非常口を示す緑色が鮮やかだ
いま指先を照らす光さえ
捉えることによって偽りになるのなら
眠りこけていたい
あるいは
真夜中の遊技場まで

ＵＦＯキャッチャーのアームが動き出したら
タバコを吸いに席を立つ
一本を抜き取れば
褪せたぬいぐるみの山が崩れる
ルールは決まっているはずだが
思い出せない

ドアをくぐれば
青空が
延々と開けているだけの
フィクション

青色とホープ

「君が笑えば
などと
「世界が幸せになる
って無理に
笑う必要もなくて
うたをうたってそのための
リリックをわざわざ手書きで
拍子抜けした
こんな日々が許されるだなんて

いつだって願っていると
ありふれた何とかを
いつもの角を曲がって
通り抜けてしまう
空き地に転がり落ちているものを
子供たちさえ拾わない
土曜日
垂れ込めた雲の向こうばかりを見て
捨てられた青い目の人形
その青を望みのようにして
飾りのように過ごしていく
高い窓から転落した体も
フロアの隅に置き去りにされた体も
言葉になって取引されて
古いレコードばかりが回る

「君が笑えば
ってうたうから何も言えなくなった
凍えているのは冬のせいだと
煙ばかりを吐き出しては
HOPEをポケットに捻じ込んでいく
空き地のライターも
螺子もコードも
すべて吹っ飛んだあとだろう
いつもの角を曲がろうにも
いつもの角が見つからない
取引されたあとの
空の青だけがあり
ここには望みしかないのだと
誰かがうたう
君が笑えば

君が笑えば

そら

よく晴れていた
コンビニの前にひとつの灰皿はあり
休憩時間なら
とうの昔に過ぎていたのだが
そんなことはどうでもいいように
女はタバコを吸っていた
任されることは特にないのだし
鈴木さんいますか？
たまに現れる客なら

風変りばかりだった
休憩時間が来るたび
クリーム色の百円ライターで火をつける
棚引く煙の先に風を認めると
向かいのマンションの
洗濯物が揺れるのが目にさわり
明日にはコインランドリーに行かなければならない
はがれた瘡蓋のように放置したままの
部屋の洋服たちを思う
なかにはしわしわのハローキティが眠っていて
その服どうしたの？
パチンコの景品でした
そう言えば済まされる気がして
やり過ごしていく
日々とは

過ぎていくものだと
そうでしかないのだと

それにしても
今日はよく晴れていた
空は青く
あの雲の向こうは
この風の先には
何があるのかなどと
鮮やかに見えたとしても
存外
目の前と変わらない景色に焦がれては
空を見上げていた
想像することばかりが旅であるかのように
コンビニの前で立ち尽くしては

支給されたジャンパーの
袖口のほつれが
風にふれるのに引き戻されながら

それにしたって本当に
今日はよく晴れていた

青色《あおいろ》とホープ

二〇一九年一一月一日　発行

著　者　一方井《いっかたい》　亜稀《あき》
発行者　知念　明子
発行所　七　月　堂
〒一五六—〇〇四三　東京都世田谷区松原二—二六—六
電話　〇三—三三二五—五七一七
FAX　〇三—三三二五—五七三一
印　刷　タイヨー美術印刷
製　本　井関製本

ISBN 978-4-87944-389-2 C0092